CINZIA RANDAZZO

IL CONCETTO DELLA MISERICORDIA AGLI ESORDI DEL CRISTIANESIMO

Youcanprint *Self-Publishing*

Titolo | Il concetto della misericordia agli esordi del Cristianesimo

Autore | Cinzia Randazzo

ISBN | 978-88-91185-57-0

Youcanprint Self-Publishing

Via Roma, 73 – 73039 Tricase (LE) – Italy

www.youcanprint.it

info@youcanprint.it

Facebook: facebook.com/youcanprint.it

Twitter: twitter.com/youcanprintit

INDICE

PREFAZIONE

An anonymous second century author in a treatise written to persuade a pagan, Diognetus, of the truth of Christian belief celebrates as the hallmark of Christianity the proclamation of divine mercy and the love Christians have for one another.

When God sent his Son into the world, he writes, *"he did so as one calling, not pursuing, when he sent him he did so as one loving, not judging"* (*Ep. Diogn.* 8.5). Accordingly, he later writes, taking up the theme of human love, such are the marks of those who imitate God:

> One who takes up a neighbour's burden, one who wishes to benefit someone who is worse off in something in which one is oneself better from God, and thus becomes a god to those who receive them, this one is an imitator of God (10.6).

Such words are perhaps no more needed than today, confronted as we are with reports of brutality and violence on the international stage, and 24-7 new reports bombarding us with stories and pictures of the suffering of God's precious children and creation everywhere one looks on this earth.

The more suffering and violence engulf our planet, the more we need both divine and human mercy of the sort the writer to Diognetus celebrates.

So it is that Cinzia Randazzo's fine book is both welcome and timely. Readers well acquainted with Old and New Testament teachings concerning divine mercy and the human call to imitate God will benefit from this discussion of these themes in the Apostolic Fathers, a group of writers associated with second century Christianity.

Some of these authors were at one time part of the Christian canon. Although they lost that esteemed status in the course of the early centuries of the church, they continued to enjoy pride of place both amongst early theologians as well as those who sought spiritual counsel from ancient Christians.

What is easy to forget about these writers as they address us across the centuries is that they were living often in highly impoverished urban conditions, at times under suspicion by ruling authorities, and often misunderstood for their rejection of the traditional gods and customs associated with them. They were living in a truly unmerciful time.

That the mercy of God and the mercy of humans figures so centrally in these writings is a testament to their generosity as well as the way their religion ennobled them to be stand out from their compatriots, through their distinctive beliefs and ethics.

Today we take the value of mercy for granted. Who does not know that mercy is a virtue worth pursuing? This was not always so.

Indeed, the world the Apostolic Fathers addressed did not see mercy as a chief attribute of the gods who were as likely to be capricious as generous.

Nor did they all consider mercy to be a virtue humans should pursue. When Seneca wrote his treatise to Nero, entitled, *De Clementia*, he instructed the emperor not in a mercy centred in grace and generosity, but to exercise the sword of justice in a temperate way.

Seneca urges *clementia* upon the young emperor as a foil to tyranny and capriciousness. Indeed, as a virtue *clementia* expressed the self-regulation and discipline of those Roman males who wielded power over others, rather than a value which we know today as centred in empathy, forgiveness, and mercy.

This makes the writings taken up in this volume all the more remarkable for their effect in the shaping of cultural beliefs and practices many of us consider to be self-evidently true.

In this readable and able discussion of the concept of mercy in the Apostolic Fathers Cinzia Randazzo invites us to taste from a rich banquet of writings and profound beliefs whose meaning is as valuable today as it was when these documents first instructed second century Christians.

Vancouvier,27-4-2015

Professor Harry O. MAIER
Vancouver School of Theology,
Vancouvier, Canada

In this study the concept of mercy or compassion in the works of the apostolic fathers is examined accurately by Doctor Randazzo. Unlike biblical scholars, patrologists seem not to have paid enough attention to this field of research when examining the life of the early church communities. The first chapter analyses the passages in which the apostolic fathers (and some of the apologists) write about divine mercy. In his *Letter to the Corinthians* Clement of Rome focuses on the election of David, which was an evident act of God's compassion. The bishop of Rome advises the Corinthians that they should follow God's example: they have to be generous and forgiving themselves. He points out that our heavenly Father, whose characteristics are perfectly revealed by his Son, does not show a lasting grievance against sinners, but distributes his grace without delay. He reprimands us because he wants to educate us, and this way save us from eternal damnation. Ignatius of Antioch lays more stress on the communal aspect of divine mercy: God presents the church communities with the beneficence of his grace. Greeting the Philippians, Polycarp of

Smyrna prays that they may receive God's mercy and love. Hermas often has experienced the signs of divine compassion, which have strengthened him, and helped him to become an authentic witness for his own household. God is merciful even to those who abjure him, because he always feels compassion for man, who is his own creation. Penitents can put their trust in his eternal and unconditional mercy. The second chapter of this essay focuses on what these fathers say about the requirements of human compassion. Fraternal admonition is a moral obligation of the just persons, who should be signs of God's benevolence. Ignatius of Antioch himself wants to become the living image of the divine mercy.

We could go on quoting the numerous utterances of the early fathers about this divine and human virtue. The author examines the pseudonymous *Second Letter of Clement*, the *Letter of Barnabas*, and even the works of Justin and Theophilus of Antioch. When they talk about this topic, they often refer to particular passages of the Old Testament as testimonies of the constant presence of God's mercy in the history of salvation. The interceding role of Moses to save the treacherous people of Israel is highlighted *e.g.* by Clement. The characteristics of the human response which should be given by Christians to these manifestations of divine compassion are also often treated by the fathers. In this respect they sometimes refer to the New Testament, *e.g. Matt.* 6:14-15.

I think this short introduction demonstrates how crucial this theme was for the second century Christian communities. That is why Cinzia Randazzo's survey is particularly worth of our attention. Like her study on another Christian virtue, the authentic joy, this one is also useful if we want to perceive the dangerous problems of this critical period. This transitory age of Christianity, which was trying to solve difficult moral problems appearing in the midst of the local churches, has often been regarded uncreative. Indeed, this century did not produce remarkable doctrinal systems, but the responses of the bishops and laymen to these challenging ethical questions proved to be effective enough to preserve the unity and authenticity of their communities in the hostile pagan environment.

Budapest 10-5-2015

Prof. László Perendy
Pázmány Péter Catholic University
Budapest, Hungary

INTRODUZIONE

L'idea di rivolgere una particolare attenzione al tema della misericordia ai primordi del cristianesimo è dettata dal fatto che, sebbene l'ambito della ricerca finora sia volto prevalentemente verso la Scrittura,[1] la spiritualità[2] e alcune opere dei Padri posteriori al periodo subapostolico,[3] - seppure qualche cenno al tema della misericordia nei Padri apostolici è apparso in Panimolle rispetto a quello dell'amore che ha egli focalizzato in maniera precipua -,[4] urge la necessità di soffermare il raggio della nostra ricerca al I e II secolo; secoli

---

1 Cfr. in particolare AaVv, , *Peccato e misericordia*, Bologna 1994, 3-220; R. MUÑOZ, *O Dios dos Cristãos*, Petrópolis 1989; J.C. PALLARES, *Dios es puro corazón: la misericordia de Dios en San Lucas*, México 1994; C. ROCCHETTA, *Teologia della tenerezza. Un "Vangelo" da riscoprire*, Bologna 2002; J. SOBRINO, *El Principio-Misericordia: Bajar de la cruz a los pueblos crucificados*, Bilbao 1992; C. WESTERMANN, *Teologia dell'Antico Testamento*, Brescia 1983; W. KASPER, *Misericordia. Concetto fondamentale del vangelo - Chiave della vita cristiana*, Brescia 2013, 68-126.
2 P. CASALDÁLIGA-J.M. VIRGIL, *Espiritualidade da Libertação*, Petrópolis 1991; G.L. MOREIRA, *Compaixão-Misericórdia: uma espiritualidade que humaniza*, São Paulo 1996; J. SOBRINO, *Espiritualidade da Libertação: estruturas e conteúdos*, São Paulo 1992.
3 L. PERRONE, *«La passione della carità»: il mistero della misericordia divina secondo Origene*, in AaVv, , *Peccato e misericordia*, Bologna 1994, 221-235; V. GROSSI, *«Miseria et misericordia». Capaci di misericordia. Una proposta di s. Agostino*, in AaVv, , *Peccato e misericordia*, Bologna 1994, 237-250; C. FALCHINI, *La misericordia in Ugo di S. Vittore*, in AaVv, , *Peccato e misericordia*, Bologna 1994, 251-260.
4 S.A. PANIMOLLE, *L'amore negli scritti dei Padri Apostolici*, in S.A. PANIMOLLE (a cura di), *Dizionario di spiritualità biblico-patristica*, vol. 3: *Amore, carità, misericordia.*, Roma 1993, 201-220.

nei quali fiorì un'abbondante produzione letteraria che viene contraddistinta come letteratura subapostolica e apologetica.

La necessità di estrapolare dalle opere dei Padri apostolici e apologeti il loro pensiero riguardo al concetto della misericordia deriva dal fatto che ogni cristiano, compresa la stessa chiesa, non può divenire misericordioso se non attinge la sua conoscenza dai primissimi Padri, il cui intento principale era quello di edificare la vita della chiesa e degli stessi cristiani, per renderla affine a quella che era la volontà del suo fondatore Cristo.

Per questo motivo incombe l'obbligo di analizzare nel presente studio le opere di tali Padri per rilevare il concetto della misericordia e chiarirlo alla luce della Parola di Dio, in modo tale che esso divenga occasione per ogni cristiano di confronto, in quanto ogni fedele è chiamato a confrontarsi con il loro pensiero come davanti a uno specchio.

1. LA MISERICORDIA DIVINA

1.1. *Identità*

Nella *lettera* di Clemente Romano viene affermato che la misericordia di Dio è eterna: *"Davide figlio di Iesse, lo unsi nella eterna misericordia"*.[5] Egli si avvale del testimonium scritturistico di Sal 89,2 per attestare che la misericordia divina travalica la stessa dimensione temporale della storia del mondo, in quanto sussiste ab aeterno. Con ciò Clemente vuole indicare che Dio, fra tutti gli uomini sulla terra, ha trovato Davide che ha un cuore simile al suo, il quale porterà a compimento la volontà di Dio:

> E, dopo averlo rimosso dal regno, suscitò per loro come re Davide, al quale rese questa testimonianza: «Ho trovato Davide, figlio di Iesse, uomo secondo il mio cuore; egli adempirà tutti i miei voleri (Atti 13,22).

Per questo motivo Davide è stato consacrato da Dio che da sempre è stato misericordioso (Sal 89,2). Egli ha consacrato Davide perché nel suo cuore rifulge la sua eterna misericordia. Alla stessa stregua di Davide, al quale il Signore dà il suo sostegno e la sua forza, annientando i suoi nemici, anche coloro

---

5 CLEMENTE ROMANO, *Lettera ai Corinti* 18,1. Ed. crit. F.X. FUNK – K. BIHLMEYER – M. WHITTAKER, *Die Apostolischen Väter*, Tübingen 1992, 100. Trad. di A. QUACQUARELLI, *I Padri apostolici*, Roma 2000, 61.

che sperano nel Signore vengono, sempre per Clemente, avvolti dalla sua misericordia: "*Molte sono le afflizioni del peccatore, ma la misericordia circonderà coloro che sperano nel Signore*".[6]

Più avanti Clemente spiega il senso della misericordia come qualità intrinseca all'essere del Padre; senso che si esplica nell'estendere la sua vicinanza verso coloro che lo invocano con semplicità:

> Il Padre misericordioso e benevolo in tutto ha cuore
> verso coloro che lo temono, e con dolcezza e con
> soavità offre le sue grazie a quelli che si rivolgono a
> lui con semplicità di pensiero.[7]

Sempre Clemente rivolge alla sua comunità la sua titubanza in fatto di misericordia tra i suoi fedeli, facendo intuire che solo Dio è veramente misericordioso: "*Tra voi c'è qualcuno generoso, misericordioso e pieno d'amore?*".[8] Solo Dio, prosegue Clemente, è misericordioso perché, mosso a compassione dei peccatori, ha il potere di perdonare i loro sbagli: "*misericordioso e compassionevole perdona le nostre*

---

6 CLEMENTE ROMANO, *Lettera ai Corinti* 22,8. Ed. crit. F.X. FUNK – K. BIHLMEYER – M. WHITTAKER, *Die Apostolischen Väter*, 106. Trad. di A. QUACQUARELLI, *I Padri apostolici*, 65.

7 CLEMENTE ROMANO, *Lettera ai Corinti* 23,1. Ed. crit. F.X. FUNK – K. BIHLMEYER – M. WHITTAKER, *Die Apostolischen Väter*, 106. Trad. di A. QUACQUARELLI, *I Padri apostolici*, 65.

8 CLEMENTE ROMANO, *Lettera ai Corinti* 54,1. Ed. crit. F.X. FUNK – K. BIHLMEYER – M. WHITTAKER, *Die Apostolischen Väter*, 138. Trad. di A. QUACQUARELLI, *I Padri apostolici*, 84.

iniquità e ingiustizie, le cadute e le negligenze".[9] Lo ps. Clemente attribuisce alla misericordia di Cristo l'appellativo *"grande"* per il fatto che egli ha concesso agli uomini di conoscere, tramite le sue opere, il Padre, in quanto mosso dalla volontà di salvare l'umanità perduta:

> Così anche Cristo volle salvare quello che si perdeva e salvò molti venendo e chiamando noi che eravamo già perduti. 3,1 Grande è la misericordia che egli ha avuto verso di noi! Anzitutto perchè noi vivi non sacrifichiamo e non veneriamo gli dei morti, ma conosciamo per opera sua il Padre della verità.[10]

L'uomo può conoscere Dio attraverso la vita di Cristo nel quale il Padre si è rivelato, a condizione che l'uomo non lo rinneghi: *"Quale la nostra conoscenza del Padre se non quella di non rinnegare colui per mezzo del quale l'abbiamo conosciuto?*.[11]

La mancanza di rancore è un'altra caratteristica inerente la misericordia divina:

9 CLEMENTE ROMANO, *Lettera ai Corinti* 60,1. Ed. crit. F.X. FUNK – K. BIHLMEYER – M. WHITTAKER, *Die Apostolischen Väter*, 144-146. Trad. di A. QUACQUARELLI, *I Padri apostolici*, 89.
10 Ps. CLEMENTE, *Omelia* 2,7-3,1. Ed. crit. F.X. FUNK – K. BIHLMEYER – M. WHITTAKER, *Die Apostolischen Väter*, 156. Trad. di A. QUACQUARELLI, *I Padri apostolici*, 222-223.
11 Ps. CLEMENTE, *Omelia* 3,1. Ed. crit. F.X. FUNK – K. BIHLMEYER – M. WHITTAKER, *Die Apostolischen Väter*, 156. Trad. di A. QUACQUARELLI, *I Padri apostolici*, 223.

Dio e nostro Signore, che domina su ogni cosa ed ha in suo potere tutto il creato, non ha rancore con quelli che confessano i loro peccati, ma è misericordioso.[12]

La misericordia divina consiste nel non portare rancore contro coloro che hanno fatto del male e, nella sua grande capacità di perdono, l'uomo conosce la misericordia di Dio per due ragioni:

- perché egli compie le preghiere di quanti si rivolgono a lui con tutto il cuore e con fermezza di animo, in quanto non li abbandona:

  Ma con tutto il tuo cuore rivolgiti al Signore e pregalo con fermezza, e conoscerai la sua grande misericordia, perché non ti abbandonerà, ma compirà la preghiera della tua anima.[13]

- perché egli non serba rancore, come gli uomini, in quanto non solo non ricorda le offese, ma ha anche compassione per le sue creature: *“Dio non è come gli uomini che serbano rancore, ma egli non ricorda le*

---

12 ERMA, *Pastore, similitudini* 9,100,4. Ed. crit. F.X. FUNK – K. BIHLMEYER – M. WHITTAKER, *Die Apostolischen Väter*, 520. Trad. di A. QUACQUARELLI, *I Padri apostolici*, 336.
13 ERMA, *Pastore, precetti* 9,39,2. Ed. crit. F.X. FUNK – K. BIHLMEYER – M. WHITTAKER, *Die Apostolischen Väter*, 404. Trad. di A. QUACQUARELLI, *I Padri apostolici*, 279.

offese ed ha compassione per la sua creatura".[14]

La misericordia di Dio si caratterizza anche per il fatto che Dio dà i suoi benefici "*senza dilazione*" a tutti coloro che si rivolgono a lui: "*Il Signore è assai misericordioso e dona senza dilazione a tutti coloro che gli rivolgono domanda*".[15] La misericordia diviene il tramite per cui Dio si è addossato i peccati dell'umanità: "*e con misericordia si addossò i nostri peccati*".[16]

1.2. *Effetti*

L'uomo diviene supplichevole della grande misericordia che Dio ha avuto verso l'uomo mediante le opere del Figlio e, per questo motivo, all'uomo incombe l'obbligo di rivolgere il suo cuore a Dio, allontanandosi da tutte quelle devianze psichiche, che lo portano necessariamente alla morte:

> Divenuti supplici della sua misericordia e della sua bontà, prosterniamoci e rivolgiamoci alla sua pietà, abbandonando la vanità, la discordia e la gelosia che

---

14 ERMA, *Pastore, precetti* 9,39,3. Ed. crit. F.X. FUNK – K. BIHLMEYER – M. WHITTAKER, *Die Apostolischen Väter*, 404. Trad. di A. QUACQUARELLI, *I Padri apostolici*, 279.

15 ERMA, *Pastore, Similitudini* 5,57,4. Ed. crit. F.X. FUNK – K. BIHLMEYER – M. WHITTAKER, *Die Apostolischen Väter*, 444. Trad. di A. QUACQUARELLI, *I Padri apostolici*, 299.

16 *A Diogneto* 9,2. Ed. crit. F.X. FUNK – K. BIHLMEYER – M. WHITTAKER, *Die Apostolischen Väter*, 318. Trad. di A. QUACQUARELLI, *I Padri apostolici*, 360.

conduce alla morte.[17]

Coloro che abbandonano i malvagi desideri che sgorgano dal loro cuore sono avvolti dalla misericordia di Dio al momento del giudizio finale:

Dio vede ed ascolta dunque ogni cosa. Temiamolo abbandonando i malvagi desideri di opere ignobili per essere protetti con la sua misericordia nel giudizio futuro.[18]

Dio fa sentire all'uomo il suo atteggiamento misericordioso nel proteggere l'uomo dalla sua ira, per le colpe commesse, nel giudizio escatologico. Gli effetti della misericordia di Dio si sono resi efficienti e visibili nel Figlio, che è stato inviato nel mondo dal Padre, per ricevere dal Figlio la via del ritorno al Padre; per questo motivo all'uomo spetta il compito di avvicinarsi al Padre misericordioso e benevolo, amandolo alla stessa stregua del Figlio:

Avviciniamoci a lui nella santità dell'anima, alzando a Lui le mani pure e senza macchia e amando il nostro padre benevolo e misericordioso, il quale fece

---

17 CLEMENTE ROMANO, *Lettera ai Corinti* 9,1. Ed. crit. F.X. FUNK – K. BIHLMEYER – M. WHITTAKER, *Die Apostolischen Väter*, 90. Trad. di A. QUACQUARELLI, *I Padri apostolici*, 55.
18 CLEMENTE ROMANO, *Lettera ai Corinti* 28,1. Ed. crit. F.X. FUNK – K. BIHLMEYER – M. WHITTAKER, *Die Apostolischen Väter*, 110. Trad. di A. QUACQUARELLI, *I Padri apostolici*, 68.

di noi una porzione scelta per sé.[19]

Sempre per Clemente la misericordia di Dio si rende visibile nel correggere l'uomo peccatore con un santo rimprovero:

> Guardate, carissimi, quanta è la protezione per quelli che sono corretti dal Signore. Come Padre buono ci corregge nell'avere misericordia di noi con un santo rimprovero.[20]

Dio corregge l'uomo perché mosso dalla volontà di salvarlo, per cui l'uomo viene educato nella sua santa misericordia. A partire da tale ottica la misericordia di Dio viene identificata con la sua volontà di salvare l'uomo peccatore e, a motivo di questo suo intento, si muove a correggerlo e ad educarlo per mezzo del rimprovero.

Il rimprovero diviene così condizione salutare per una sana educazione all'insegna della misericordia di Dio per quelli che ama e che gli sono accetti:

> Il Signore mi ha educato con il rimprovero e non mi ha consegnato alla morte. Il Signore corregge chi ama e frusta ogni figlio che gli è accetto.[21]

---

19 CLEMENTE ROMANO, *Lettera ai Corinti* 29,1. Ed. crit. F.X. FUNK –
K. BIHLMEYER – M. WHITTAKER, *Die Apostolischen Väter*, 112. Trad. di
A. QUACQUARELLI, *I Padri apostolici*, 68.
20 CLEMENTE ROMANO, *Lettera ai Corinti* 56,16. Ed. crit. F.X. FUNK –
K. BIHLMEYER – M. WHITTAKER, *Die Apostolischen Väter*, 140. Trad. di
A. QUACQUARELLI, *I Padri apostolici*, 86.
21 CLEMENTE ROMANO, *Lettera ai Corinti* 56,3-4. Ed. crit. F.X. FUNK

Ricorre in Clemente il motivo paolino del giusto rimprovero dato da Dio a coloro che lo hanno seguito e che hanno avuto il proposito di seguirlo (Ebr 12,6). Colui che corregge il suo prossimo col rimprovero diviene fiaccola vivente della misericordia di Dio e cioè della sua volontà di salvare l'uomo: *"La correzione che ci facciamo a vicenda è buona e assai vantaggiosa; ci unisce alla volontà di Dio"*.[22]

Significativa è anche la supplica che Clemente Romano rivolge al Signore perché gli uomini sulla terra si accorgano della sua misericordia:

> Signore, porta a buon fine il loro volere secondo ciò che è buono e gradito alla tua presenza per esercitare con pietà nella pace e nella dolcezza il potere che tu hai loro dato e ti trovino misericordioso.[23]

Clemente Romano implora il Signore perché ricolmi l'uomo dei suoi beni sia fisici che spirituali, affinché l'uomo divenga consapevole della sua misericordia. Quanti hanno

---

– K. BIHLMEYER – M. WHITTAKER, *Die Apostolischen Väter*, 140. Trad. di A. QUACQUARELLI, *I Padri apostolici*, 85-86.

22 CLEMENTE ROMANO, *Lettera ai Corinti* 56,2. Ed. crit. F.X. FUNK – K. BIHLMEYER – M. WHITTAKER, *Die Apostolischen Väter*, 140. Trad. di A. QUACQUARELLI, *I Padri apostolici*, 85.

23 CLEMENTE ROMANO, *Lettera ai Corinti* 61,2. Ed. crit. F.X. FUNK – K. BIHLMEYER – M. WHITTAKER, *Die Apostolischen Väter*, 146. Trad. di A. QUACQUARELLI, *I Padri apostolici*, 90-91.

ottenuto misericordia da Dio si incamminano sulla strada che li conduce a Dio; in poche parole sono coloro che via via vogliono avvicinarsi a Dio per raggiungerlo e godere dei suoi benefici:

io sono un condannato, voi avete ottenuto misericordia. Io in pericolo, voi al sicuro. 2. Voi siete la strada per quelli che s'innalzano a Dio. Gli iniziati di Paolo che si è santificato, ha reso testimonianza ed è degno di essere chiamato beato. Possa io stare sulle sue orme nel raggiungere Dio.[24]

Sempre Ignazio puntualizza che anche la chiesa ha ricevuto la misericordia di Dio *"nella magnificenza del Padre altissimo e di Gesù Cristo suo unico figlio"*.[25] Per la misericordia di Dio anche la chiesa di Smirne ha ricevuto la pienezza di fede e di ogni carisma:

chiesa di Dio Padre e dell'amato Gesù Cristo che ha ottenuto misericordia in ogni grazia, che è piena di fede e di carità, piena di ogni carisma.[26]

Sempre Ignazio auspica agli Smirnesi di vivere nella

---

24 IGNAZIO DI ANTIOCHIA, *Lettera agli Efesini* 12,1-2. Ed. crit. F.X. FUNK – K. BIHLMEYER – M. WHITTAKER, *Die Apostolischen Väter*, 186. Trad. di A. QUACQUARELLI, *I Padri apostolici*, 104.
25 IGNAZIO DI ANTIOCHIA, *Lettera ai Romani, saluto*. Ed. crit. F.X. FUNK – K. BIHLMEYER – M. WHITTAKER, *Die Apostolischen Väter*, 206-208. Trad. di A. QUACQUARELLI, *I Padri apostolici*, 121.
26 IGNAZIO DI ANTIOCHIA, *Lettera agli Smirnesi, saluto*. Ed. crit. F.X. FUNK – K. BIHLMEYER – M. WHITTAKER, *Die Apostolischen Väter*, 224-226. Trad. di A. QUACQUARELLI, *I Padri apostolici*, 133.

misericordia, nella pace e nella pazienza: *"A voi la grazia, la misericordia, la pace e la pazienza per sempre"*.[27] Il concetto della pienezza della misericordia, rivolta a quelli della comunità di Filippo, risuona pure in Policarpo: *"La misericordia e la pace di Dio onnipotente e di Gesù Cristo salvatore siano piene per voi"*.[28]

Un simile concetto ricorre anche nel martirio di Policarpo: *"La misericordia, la pace e la carità di Dio Padre e del Signore nostro Gesù Cristo abbondino"*.[29] Lo pseudo-Clemente precisa che la causa della salvezza del genere umano è la misericordia che Dio ha avuto per noi: *"Ebbe misericordia di noi e mosso a pietà ci salvò"*.[30] Il movente della salvezza del genere umano è stata la misericordia di Dio, cioè la sua ferma volontà di salvare l'uomo peccatore. Per il *Pastore* di Erma la misericordia di Dio, seguita dalla pietà, dona a Erma la forza necessaria perché egli ottenga da Dio la sua gloria: *"La*

---

27 IGNAZIO DI ANTIOCHIA, *Lettera agli Smirnesi* 12,2. Ed. crit. F.X. FUNK – K. BIHLMEYER – M. WHITTAKER, *Die Apostolischen Väter*, 234. Trad. di A. QUACQUARELLI, *I Padri apostolici*, 138.
28 POLICARPO, *2 Lettera ai Filippesi, saluto*. Ed. crit. F.X. FUNK – K. BIHLMEYER – M. WHITTAKER, *Die Apostolischen Väter*, 244. Trad. di A. QUACQUARELLI, *I Padri apostolici*, 153.
29 POLICARPO, *Martirio saluto*. Ed. crit. F.X. FUNK – K. BIHLMEYER – M. WHITTAKER, *Die Apostolischen Väter*, 260-262. Trad. di A. QUACQUARELLI, *I Padri apostolici*, 161.
30 Ps.CLEMENTE, *Omelia* 1,7. Ed. crit. F.X. FUNK – K. BIHLMEYER – M. WHITTAKER, *Die Apostolischen Väter*, 154. Trad. di A. QUACQUARELLI, *I Padri apostolici*, 222.

misericordia del Signore, però, avendo pietà di te e della tua casa, ti darà la forza per ben fondarti nella sua gloria".[31]

Secondo Erma la misericordia di Dio dà a lui la forza necessaria perché egli divenga fiaccola vivente della potenza di Dio nella sua casa, allontanando così la trascuratezza, lo sconforto e il carattere passivo:

Basta che tu non sia trascurato, rianima invece e conforta la tua casa. Come il fabbro a colpi di martello ottiene la cosa che vuole, così la parola quotidiana giusta viene a capo di ogni cattiveria.[32]

Sempre nel *Pastore* viene precisato che, ai più grandi rinnegatori di Dio, Dio diviene loro propizio a causa della sua misericordia: *"Per la grande misericordia è divenuto propizio a quelli che lo rinnegarono prima"*.[33] Restando a Erma la misericordia di Dio produce nel fedele la giustizia, la quale gli consente una condotta degna di essere vissuta all'insegna della santificazione: *"misericordia del Signore che ha versato su di voi la giustizia, per essere corretti e santificati da ogni*

---

31 ERMA, *Pastore, visione* 1,3,2. Ed. crit. F.X. FUNK – K. BIHLMEYER – M. WHITTAKER, *Die Apostolischen Väter*, 334-336. Trad. di A. QUACQUARELLI, *I Padri apostolici*, 245.
32 *Ibidem*
33 ERMA, *Pastore, visione* 2,6,8. Ed. crit. F.X. FUNK – K. BIHLMEYER – M. WHITTAKER, *Die Apostolischen Väter*, 340. Trad. di A. QUACQUARELLI, *I Padri apostolici*, 248.

malvagità e crudeltà".[34]

Pure l'effetto della compassione di Dio verso la sua creatura procede dalla sua misericordia, per mezzo della quale egli stabilì la penitenza: *"Misericordioso il Signore ebbe compassione della sua creatura e stabilì la penitenza, e diede a me il potere su di essa"*.[35] Stando a Erma è sempre la misericordia di Dio a guarire le mancanze dell'uomo a patto che egli cessi di contaminare il proprio corpo e il proprio spirito:

> Per le precedenti mancanze, dice, a Dio solo è possibile dare la guarigione, suo è ogni potere. 4. Ora sta attento e il Signore assai misericordioso le guarirà, se non contamini più la carne e lo spirito. Entrambi sono accomunati e l'una non può contaminarsi senza l'altro.[36]

La guarigione di colui che ha cessato di contaminare il suo essere è dovuto al potere misericordioso di Dio. La misericordia di Dio è così potente che sconfigge qualunque forma di male soprattutto per coloro che, come Erma, hanno

---

34 ERMA, *Pastore, visione* 3,17,1. Ed. crit. F.X. FUNK – K. BIHLMEYER – M. WHITTAKER, *Die Apostolischen Väter*, 358. Trad. di A. QUACQUARELLI, *I Padri apostolici*, 258.

35 ERMA, *Pastore, precetti* 4,31,5. Ed. crit. F.X. FUNK – K. BIHLMEYER – M. WHITTAKER, *Die Apostolischen Väter*, 386. Trad. di A. QUACQUARELLI, *I Padri apostolici*, 271-272.

36 ERMA, *Pastore, Similitudine* 5,60,3-4. Ed. crit. F.X. FUNK – K. BIHLMEYER – M. WHITTAKER, *Die Apostolischen Väter*, 448. Trad. di A. QUACQUARELLI, *I Padri apostolici*, 301.

confidato nel Signore, certi che non possono essere salvati da nessun altro essere se non da Dio:

> Una belva enorme capace di distruggere delle moltitudini, ma per la potenza del Signore e la sua misericordia le sono sfuggito.[37]

A tal riguardo Teofilo precisa che l'atteggiamento misericordioso di Dio si manifesta nel rimettere le colpe a colui che con fiducia si è rivolto a Dio: *"si volga al suo Signore ed otterrà misericordia, poiché con generosità rimetterà le vostre colpe"*.[38] Anche la giustizia di Dio si rende manifesta nel compiere azioni di pietà e di misericordia nei confronti del prossimo:

> 12. Anche riguardo alla giustizia, di cui la legge ha parlato, si trovano concordi sia le parole dei profeti che quelle dei vangeli, poiché tutti hanno parlato ispirati dall'unico spirito divino (…). Ugualmente un altro profeta, Zaccaria: "Questo dice il Signore onnipotente: pronunciate un giudizio di verità e fate opera di pietà e di misericordia ognuno verso il suo

---

37 ERMA, *Pastore, visione* 4,23,3. Ed. crit. F.X. FUNK – K. BIHLMEYER – M. WHITTAKER, *Die Apostolischen Väter*, 370. Trad. di A. QUACQUARELLI, *I Padri apostolici*, 263.

38 TEOFILO, *ad Autolico* 1,11. Ed. crit. M MARCOVICH, *Tatiani, Oratio ad Graecos. Theophili antiocheni, ad Autolycum*, Berlin-New-York 1995, 30. Trad. di C. BURINI, *Gli apologeti greci*, 442.

prossimo.[39]

Fermo restando in Teofilo, il dono della misericordia di Dio è salutare per l'uomo colpito dalla malattia, perché essa rinvigorisce le membra, ridonandole forza e bellezza:

Qualche volta infatti, colpito da una malattia, hai perso la carne, la forza e la bellezza. Ottenuta da Dio la misericordia e la guarigione, hai acquistato di nuovo la carne, la bellezza e la forza.[40]

Tornando a Erma, la misericordia di Dio rende visibili le opere dei giusti nel mondo futuro:

Gli alberi verdeggianti sono i giusti che abiteranno nel mondo futuro. Il mondo futuro è una estate per i giusti e un inverno per i peccatori. Quando risplenderà la misericordia del Signore allora si vedranno i servi di Dio e si manifesteranno a tutti. 3. Come nell'estate si vedono i frutti di ogni albero e si riconoscono quali sono, così saranno manifesti i frutti dei giusti e si riconosceranno tutti quelli che sono validi in quel mondo.[41]

---

39 TEOFILO, *ad Autolico* 1,12. Ed. crit. F.X. FUNK – K. BIHLMEYER – M. WHITTAKER, *Die Apostolischen Väter*, 31. Trad. di C. BURINI, *Gli apologeti greci*, 442.444.
40 TEOFILO, *ad Autolico* 1,13. Ed. crit. M MARCOVICH, *Tatiani, Oratio ad Graecos. Theophili antiocheni, ad Autolycum,* Berlin-New-York 1995, 33. Trad. di C. BURINI, *Gli apologeti greci*, 377.
41 ERMA, *Pastore, Similitudine* 4,53,2. Ed. crit. F.X. FUNK – K.

Erma si avvale dell'immagine dell'estate per rendere chiara l'idea della manifestazione visiva dei giusti e del riconoscimento delle loro opere, quando brilla la misericordia di Dio nel mondo futuro.

Sempre per Erma, in forza del suo carattere misericordioso, Dio dà i suoi benefici senza dilazione a quanti si rivolgono a lui: *"Il Signore è assai misericordioso e dona senza dilazione a tutti coloro che gli rivolgono domanda"*.[42] Erma precisa che lo spirito di penitenza è stato concesso da Dio in forza della sua misericordia a coloro che sono stati reputati da lui degni di pentimento, vale a dire solo a coloro che divengono puri nel profondo del loro cuore:

> la misericordia del Signore, grande e gloriosa, ha concesso lo spirito (di penitenza) a coloro che erano degni di pentirsi. 2. (...) Il Signore concesse pentimento a quelli il cui cuore vede che sta per diventare puro e servirlo dal profondo.[43]

Sempre grazie alla misericordia di Dio, coloro che si

BIHLMEYER – M. WHITTAKER, *Die Apostolischen Väter*, 432. Trad. di A. QUACQUARELLI, *I Padri apostolici*, 294-295.

42 ERMA, *Pastore, Similitudine* 5,57,4. Ed. crit. F.X. FUNK – K. BIHLMEYER – M. WHITTAKER, *Die Apostolischen Väter*, 444. Trad. di A. QUACQUARELLI, *I Padri apostolici*, 299.

43 ERMA, *Pastore, Similitudine* 8,72,1-2. Ed. crit. F.X. FUNK – K. BIHLMEYER – M. WHITTAKER, *Die Apostolischen Väter*, 474. Trad. di A. QUACQUARELLI, *I Padri apostolici*, 312.

sono pentiti delle loro mancanze possono far parte e rientrare nella casa di Dio, mentre a coloro che hanno peccato contro Dio, sempre in forza della misericordia, Dio ha inviato l'angelo della penitenza:

> Di ogni cosa ringraziai il Signore perché ha avuto misericordia di tutti quelli che sono chiamati col suo nome, ed ha inviato l'angelo della penitenza a noi che abbiamo peccato contro di lui.[44]

Dalla misericordia di Dio procede, secondo Clemente Romano, la riconoscenza nella carità:

> Preghiamo dunque e chiediamo alla sua misericordia perché siamo riconosciuti nella carità, senza sollecitazione umana, irreprensibili. 3. Sono passate tutte le generazioni da Adamo sino ad oggi, ma quelli che con la grazia di Dio sono perfetti nella carità raggiungono la schiera dei più, che saranno visti nel novero del regno di Cristo.[45]

Sempre Dio per la sua grande misericordia ha giustificato l'uomo: *"la misericordia del Signore che ha versato*

---

44 ERMA, *Pastore, Similitudine* 9,91,3. Ed. crit. F.X. FUNK – K. BIHLMEYER – M. WHITTAKER, *Die Apostolischen Väter*, 508. Trad. di A. QUACQUARELLI, *I Padri apostolici*, 329.
45 CLEMENTE ROMANO, *Lettera ai Corinti* 50,2-3. Ed. crit F.X. FUNK – K. BIHLMEYER – M. WHITTAKER, *Die Apostolischen Väter*, 134. Trad. di A. QUACQUARELLI, *I Padri apostolici*, 82.

su di voi la giustizia".[46]

Inoltre Giustino puntualizza che la misericordia di Dio si svela nella sua bontà, per cui, riprendendo i *testimonia* scritturistici di Mt 5,45 e Lc 6,35-36, Dio manifesta la sua misericordia e quindi la sua volontà di salvare tutti gli uomini, facendo sorgere il sole o facendo piovere sia sui giusti che sui malvagi:

> Vediamo infatti che il Dio onnipotente è benevolo e misericordioso, fa sorgere il suo sole sui giusti e sugli ingrati, e fa piovere sui pii e sui malvagi.[47]

---

46 CLEMENTE ROMANO, *Lettera ai Corinti* 17,1. Ed. Crit. F.X. FUNK – K. BIHLMEYER – M. WHITTAKER, *Die Apostolischen Väter*, 98-100. Trad. di A. QUACQUARELLI, *I Padri apostolici*, 258.
47 GIUSTINO, *Dialogo con Trifone* 96,3. Ed. crit. M. MARCOVICH, *Iustini martyris. Dialogus cum Tryphone*, Berlin-New-York 1997, 236. Trad. di G. VISONÀ, *S. Giustino. Dialogo con Trifone*, Milano 1988, 294.

2. La misericordia umana

2.1. *Condizioni*

La volontà santa, il santo desiderio e la pietà fiduciosa sono le condizioni per le quali, secondo Clemente Romano, i fedeli della comunità di Corinto supplicano, a mani tese, il Signore di mostrare loro misericordia se, loro malgrado, avessero compiuto qualche peccato:

> Colmi di volontà santa nel sano desiderio e con pietà fiduciosa, tendevate le mani verso Dio onnipotente, supplicandolo di essere misericordioso se in qualche cosa, senza volerlo, avevate peccato.[48]

Sempre Clemente ascrive alla speranza presente la condizione per cui i peccatori possono essere circondati dalla misericordia di Dio a causa delle loro molte afflizioni: *"Molte sono le afflizioni del peccatore, ma la misericordia circonderà coloro che sperano nel Signore"*.[49]

---

48 CLEMENTE ROMANO, *Lettera ai Corinti* 2,3. Ed. crit. F.X. FUNK – K. BIHLMEYER – M. WHITTAKER, *Die Apostolischen Väter*, 82. Trad. di A. QUACQUARELLI, *I Padri apostolici*, 50. Cfr. S.A. PANIMOLLE, *L'amore negli scritti dei Padri Apostolici*, in S.A. PANIMOLLE (a cura di), *Dizionario di spiritualità biblico-patristica*, vol. 3: *Amore, carità, misericordia*, 206. Per lui la misericordia è un aspetto dell'amore che Dio nutre verso l'uomo: *"Anche se Clemente nella sua lettera parla più frequentemente della carità fraterna, per evidenti ragioni pastorali, non omette il riferimento alla fonte dell'amore che è Dio, accentuando l'aspetto della misericordia, per invitare i Corinzi a supplicare il Padre, in modo da ottenere il suo perdono"*.

49 CLEMENTE ROMANO, *Lettera ai Corinti* 22,8. Ed. crit. F.X. FUNK – K. BIHLMEYER – M. WHITTAKER, *Die Apostolischen Väter*, 106. Trad. di

Sempre Clemente Romano attribuisce alla correzione fraterna e al mettere alla prova, da parte del giusto, i fedeli della comunità che hanno distorto la loro condotta di vita, le condizioni per le quali questi possono reintraprendere la strada della salvezza: "*Il giusto, dice, mi correggerà nella misericordia e mi proverà; l'olio dei peccatori non unga la mia testa*".[50] Clemente Romano cita il testimonium scritturistico di Sal 141,5 per rendere credibile alla comunità di Corinto che il giusto corregge coloro che hanno mancato nella misericordia, perché egli è l'immagine vivente dell'amore di Dio, che si prende cura della sua creatura, in quanto vuole salvarla.

Non solo il giusto ma anche Ignazio di Antiochia diviene immagine vivente della misericordia di Dio, perché egli ama se stesso come il suo prossimo e, sebbene riconosca di essere indegno in virtù dei suoi peccati, egli estrinseca questa sua capacità di attenzione e di cura verso se stesso nell'"*essere qualcuno*", a condizione che s'incammini sulla retta via che lo conduce al Padre:

> Io mi vergogno di essere annoverato tra i suoi, non
> ne sono degno perché sono l'ultimo di loro e un
> aborto. Ma ho avuto la misericordia di essere

A. QUACQUARELLI, *I Padri apostolici*, 65.

50 CLEMENTE ROMANO, *Lettera ai Corinti* 56,5. Ed. crit. F.X. FUNK – K. BIHLMEYER – M. WHITTAKER, *Die Apostolischen Väter*, 140. Trad. di A. QUACQUARELLI, *I Padri apostolici*, 86.

qualcuno, se raggiungo Dio.[51]

L'incamminarsi sulla strada che conduce a Dio diviene la condizione senza la quale non è possibile a Ignazio ricevere il dono della misericordia da Dio, per acquistare quello spessore di dignità che lo rende qualcuno rispetto agli altri.

A tal proposito Teofilo di Antiochia precisa che non solo verso coloro che lo temono, ma anche verso coloro che lo amano Dio mostra la propria bontà e misericordia: *"ma è buono, propizio e misericordioso verso coloro che lo amano e lo temono"*.[52]

Secondo lo ps. Barnaba la fede sincera a Dio e l'osservanza della legge di Dio e del suo diletto divengono le condizioni della manifestazione della misericordia di Dio, che si è resa concreta nel rendere visibile all'uomo *"tutte le cose in anticipo"*:

Egli misericordioso ci ha manifestato tutte le cose in
anticipo perché il popolo che egli preparò nel suo
diletto credesse con sincerità e noi non ci

---

51 IGNAZIO, *Lettera ai Romani* 9,2. Ed. crit.   F.X. FUNK – K. BIHLMEYER – M. WHITTAKER, *Die Apostolischen Väter*, 216. Trad. di A. QUACQUARELLI, *I Padri apostolici*, 125.
52 TEOFILO DI ANTIOCHIA, *ad Autolico* 1,3. Ed. crit. M MARCOVICH, *Tatiani, Oratio ad Graecos. Theophili antiocheni, ad Autolycum*, Berlin-New-York 1995, 18. Trad. di C. BURINI, *Gli apologeti greci*, Roma 1986, 366.

infrangessimo come proseliti contro la loro legge.[53]

Più in particolare lo ps.Barnaba, prendendo a testimonium scritturistico Ger 17,24-25, precisa che a coloro che osservano il sabato Dio li coprirà con la sua misericordia: *"Se i miei figli osserveranno il sabato, allora stenderò la mia misericordia su di loro"*.[54]

Inoltre lo ps.Clemente annovera nell'allontanamento dell'uomo dai piaceri e dalle perverse inclinazioni dell'anima le condizioni per partecipare alla misericordia di Gesù:

Se noi ci allontaniamo dai piaceri trionferemo sulla nostra anima e nel contrastare i suoi perversi desideri, saremo partecipi della misericordia di Gesù.[55]

In seguito Erma aggiunge che una delle condizioni per divenire misericordiosi è il porre un freno alle tendenze perverse della propria anima e della propria lingua, come il caso della consorte di Erma che, dopo che ha udito la sua triste condotta di vita, cambia tale condotta e diviene misericordiosa:

---

53 Ps. BARNABA, *Epistola* 3,6. Ed. crit. F.X. FUNK – K. BIHLMEYER – M. WHITTAKER, *Die Apostolischen Väter*, 30. Trad. di A. QUACQUARELLI, *I Padri apostolici*, 190.

54 Ps. BARNABA, *Epistola* 15,2. Ed. crit. F.X. FUNK – K. BIHLMEYER – M. WHITTAKER, *Die Apostolischen Väter*, 62. Trad. di A. QUACQUARELLI, *I Padri apostolici*, 208.

55 Ps.CLEMENTE, *Omelia* 16,2. Ed. crit. F.X. FUNK – K. BIHLMEYER – M. WHITTAKER, *Die Apostolischen Väter*, 168. Trad. di A. QUACQUARELLI, *I Padri apostolici*, 231.

Fa' conoscere queste parole a tutti i tuoi figli e alla tua consorte che deve essere per te una sorella. Anch'essa non frena la lingua con la quale fa la maligna, ma udendo queste parole si frenerà e avrà misericordia.[56]

Sempre nel *Pastore* di Erma la rimozione dell'incertezza e il rivolgersi fiduciosamente a Dio, pregandolo con fermezza, sono le condizioni per ottenere da Dio la conoscenza della sua grande misericordia:

Non pensare così, ma con tutto il tuo cuore rivolgiti al Signore e pregalo con fermezza, e conoscerai la sua grande misericordia, perché non ti abbandonerà, ma compirà la preghiera della tua anima.[57]

In particolare Giustino annovera nella preghiera verso il prossimo la condizione per cui Cristo mostra la sua compassione:

Oltre a tutto questo preghiamo per voi perché Cristo abbia di voi compassione. Egli infatti ci ha insegnato a pregare per i nemici, dicendo: «Siate

---

56 ERMA, *Pastore, visione* 2,6,3. Ed. crit. F.X. FUNK – K. BIHLMEYER – M. WHITTAKER, *Die Apostolischen Väter*, 338. Trad. di A. QUACQUARELLI, *I Padri apostolici*, 247.
57 ERMA, *Pastore, precetti* 9,39,2. Ed. crit. F.X. FUNK – K. BIHLMEYER – M. WHITTAKER, *Die Apostolischen Väter*, 404. Trad. di A. QUACQUARELLI, *I Padri apostolici*, 279.

benevoli e misericordiosi come il Padre vostro celeste».[58]

La volontà, da parte dell'uomo, di non contaminare la carne e lo spirito per Erma assurge a condizione della guarigione della carne e dello spirito, grazie alla misericordia di Dio: *"Ora sta attento e il Signore assai misericordioso le guarirà, se non contamini più la carne e lo spirito"*.[59]

Anche la confessione dei peccati comporta, secondo Erma, agli occhi di Dio non il suo rancore ma la sua misericordia:

> Dio e nostro Signore, che domina su ogni cosa ed ha in suo potere tutto il creato, non ha rancore con quelli che confessano i loro peccati, ma è misericordioso.[60]

Pure il pentimento è una condizione per cui Dio concede lo spirito di penitenza grazie alla sua misericordia: *"la misericordia del Signore, grande e gloriosa, ha concesso lo*

---

58 GIUSTINO, *Dialogo con Trifone* 96,3. Ed. crit. M. MARCOVICH, *Iustini martyris. Dialogus cum Tryphone*, Berlin-New-York 1997, 236. Trad. di G. VISONÀ, *S. Giustino. Dialogo con Trifone*, 294.
59 ERMA, *Pastore, similitudine* 5,60,4. Ed. crit. F.X. FUNK – K. BIHLMEYER – M. WHITTAKER, *Die Apostolischen Väter*, 448. Trad. di A. QUACQUARELLI, *I Padri apostolici*, 301.
60 ERMA, *Pastore, similitudine* 9,100,4. Ed. crit. F.X. FUNK – K. BIHLMEYER – M. WHITTAKER, *Die Apostolischen Väter*, 520. Trad. di A. QUACQUARELLI, *I Padri apostolici*, 336.

spirito (di penitenza) a coloro che erano degni di pentirsi".[61]

Sull'esempio di Mosè, che ha supplicato Dio di perdonare il suo popolo perché ingrato o viceversa di essere eliminato lui stesso insieme al suo popolo, Clemente chiede alla sua comunità se esiste qualcuno misericordioso e pieno di amore:

4. E disse Mosè: «Giammai, Signore. Rimetti il peccato a questo popolo, o cancella me dal libro dei viventi. 5. O grande carità! O perfezione insuperabile! Un servo parla con libertà al Signore, implora il perdono per il popolo o chiede di essere eliminato anche lui con esso. 54,1 Tra voi c'è qualcuno generoso, misericordioso e pieno di amore?.[62]

Clemente Romano si comporta seguendo lo stesso atteggiamento benevolo e misericordioso, che Mosè ebbe verso il suo popolo:

Dica: se per colpa mia si sono avuti sedizione, lite e scismi vado via. Me ne parto dove volete e faccio

---

61 ERMA, *Pastore, similitudine* 8,72,1. Ed. crit. F.X. FUNK – K. BIHLMEYER – M. WHITTAKER, *Die Apostolischen Väter*, 474. Trad. di A. QUACQUARELLI, *I Padri apostolici*, 312.
62 CLEMENTE ROMANO, *Lettera ai Corinti* 53,4-5. Ed. crit. F.X. FUNK – K. BIHLMEYER – M. WHITTAKER, *Die Apostolischen Väter*, 136-138. Trad. di A. QUACQUARELLI, *I Padri apostolici*, 84.

quello che il popolo comanda purché il gregge di Cristo viva in pace con i presbiteri costituiti.[63]

Un'altra condizione per essere misericordiosi come il Padre è il timore verso le parole di Dio, che abbiamo ascoltato: *"Sii misericordioso, semplice, tranquillo, buono, temendo in tutto le parole del Signore che hai ascoltate"*.[64] Il timore, prosegue Clemente Romano, è anche la condizione per cui si espleta la misericordia di Dio, che prende a cuore tutto quello che viene a lui chiesto: *"Il Padre misericordioso e benevolo in tutto ha cuore verso coloro che lo temono"*.[65] Non solo ma anche la semplicità di pensiero diviene, sempre per Clemente Romano, la condizione per cui la misericordia di Dio si esplica nell'offrire a questi le sue grazie: *"e con dolcezza e con soavità offre le sue grazie a quelli che si rivolgono a lui con semplicità di pensiero"*.[66] La semplicità, congiunta alla innocenza e alla santità, diviene per Erma la condizione di una buona

---

63 CLEMENTE ROMANO, *Lettera ai Corinti* 54,1-2. Ed. crit. F.X. FUNK – K. BIHLMEYER – M. WHITTAKER, *Die Apostolischen Väter*, 138. Trad. di A. QUACQUARELLI, *I Padri apostolici*, 84.
64 *Didachè* 3,8. Ed. crit. F.X. FUNK – K. BIHLMEYER – M. WHITTAKER, *Die Apostolischen Väter*, 8. Trad. di A. QUACQUARELLI, *I Padri apostolici*, 31. Cfr. a tal proposito S.A. PANIMOLLE, *L'amore negli scritti dei Padri Apostolici*, in S.A. PANIMOLLE (a cura di), *Dizionario di spiritualità biblico-patristica*, vol. 3: *Amore, carità, misericordia*, 203.
65 CLEMENTE ROMANO, *Lettera ai Corinti* 23,1. Ed. crit. F.X. FUNK – K. BIHLMEYER – M. WHITTAKER, *Die Apostolischen Väter*, 106. Trad. di A. QUACQUARELLI, *I Padri apostolici*, 65.
66 *Ibidem*

educazione, a motivo della misericordia di Dio: *"Io vi ho allevati con molta semplicità, innocenza e santità per la misericordia del Signore"*.[67]

2.2. Finalità

Clemente Romano, citando il testimonium scritturistico di Mt 6,14-15, fa intuire alla sua comunità che solamente coloro che sono misericordiosi possono ottenere da Dio a loro volta la misericordia: *"Così disse: «Siate misericordiosi per ottenere misericordia"*.[68] Dio si mostra misericordioso verso quanti hanno avuto misericordia verso il suo prossimo. Allo stesso modo si esprime Policarpo: *"Siamo memori di ciò che disse il Signore insegnando: (...) siate misericordiosi per trovare misericordia; con la misura che misurerete sarete misurati"*.[69] Sempre Clemente più avanti aggiunge che uno degli effetti della misericordia di Dio è l'essere riconosciuti da lui nella carità, per raggiungere la schiera di coloro che entrano nel novero del

---

67 ERMA, *Pastore, visione* 3,17,1. Ed. crit. F.X. FUNK – K. BIHLMEYER – M. WHITTAKER, *Die Apostolischen Väter*, 358. Trad. di A. QUACQUARELLI, *I Padri apostolici*, 258.
68 CLEMENTE ROMANO, *Lettera ai Corinti* 13,2. Ed. crit. F.X. FUNK – K. BIHLMEYER – M. WHITTAKER, *Die Apostolischen Väter*, 94. Trad. di A. QUACQUARELLI, *I Padri apostolici*, 57.
69 POLICARPO, *Lettera ai Filippesi* 2,3. Ed. crit. Ed. crit. F.X. FUNK – K. BIHLMEYER – M. WHITTAKER, *Die Apostolischen Väter*, 246. Trad. di A. QUACQUARELLI, *I Padri apostolici*, 154.

regno di Cristo:

> Chi è capace di trovarsi in essa se non quelli che Dio ha reso degni? Preghiamo dunque e chiediamo alla sua misericordia perché siamo riconosciuti nella carità, senza sollecitazione umana, irreprensibili. 3. Sono passate tutte le generazioni da Adamo sino ad oggi, ma quelli che con la grazia di Dio sono perfetti nella carità raggiungono la schiera dei più, che saranno visti nel novero del regno di Cristo.[70]

Fanno parte del novero del regno di Cristo per Clemente coloro che si rivolgono al Padre misericordioso con la preghiera. La preghiera e la petizione al Padre sono perciò le condizioni, per cui il fedele ottiene da Dio il riconoscimento di essere caritatevole.

Anche per Ignazio la preghiera, unita all'amore dei fedeli della sua comunità nella misericordia di Dio, dispiega il suo effetto nel rendere Ignazio *"degno di raggiungere l'eredità"*:

> Pregate per me che ho bisogno del vostro amore nella misericordia di Dio per essere degno di raggiungere l'eredità cui sono vicino e per non essere riconosciuto indegno.[71]

---

70 CLEMENTE ROMANO, *Lettera ai Corinti* 50,2-3. Ed. crit. F.X. FUNK – K. BIHLMEYER – M. WHITTAKER, *Die Apostolischen Väter*, 134. Trad. di A. QUACQUARELLI, *I Padri apostolici*, 82.
71 IGNAZIO, *Lettera ai Tralliani* 12,3. Ed. crit. F.X. FUNK – K.

Ignazio annovera nella preghiera e nell'amore misericordioso della sua comunità verso di lui, che ne ha bisogno, il trampolino di lancio per ottenere da Dio la auspicata dignità per entrare nel suo regno.

L'essere caritatevole diviene per Policarpo la cartina di tornasole per i diaconi. A loro incombe l'obbligo di essere *"misericordiosi come il Padre nell'intraprendere la strada della carità servizievole degli uni verso gli altri"*.[72]

Nel saluto che Ignazio rivolge alla comunità di Filadelfia è esplicita la consapevolezza che Dio ha elargito la sua misericordia a tale comunità, la quale a sua volta viene resa cosciente e giuliva per questo dono:

> alla chiesa di Dio Padre e di Gesù Cristo (...), che ha ottenuto misericordia ed è consolidata nella concordia di Dio e giustamente giuliva nella passione del Signore nostro e nella sua risurrezione e pienamente cosciente della sua misericordia.[73]

Ricollegandosi al testimonium scritturistico di Mt 6,14-

BIHLMEYER – M. WHITTAKER, *Die Apostolischen Väter*, 206. Trad. di A. QUACQUARELLI, *I Padri apostolici*, 119.

72 POLICARPO, *Lettera ai Filippesi* 5,2. Ed. crit. F.X. FUNK – K. BIHLMEYER – M. WHITTAKER, *Die Apostolischen Väter*, 248. Trad. di A. QUACQUARELLI, *I Padri apostolici*, 156.

73 IGNAZIO, *Lettera ai Filadelfiesi saluto*. Ed. crit. F.X. FUNK – K. BIHLMEYER – M. WHITTAKER, *Die Apostolischen Väter*, 218. Trad. di A. QUACQUARELLI, *I Padri apostolici*, 127.

15 Clemente Romano puntualizza che, per avere misericordia da Dio, occorre che l'uomo si mostri misericordioso verso il suo prossimo: *"Così disse: «Siate misericordiosi per ottenere misericordia (…) come date così sarà dato a voi"*.[74]

La preghiera, seguita dalla petizione a Dio, è, secondo Clemente, un mezzo perché l'uomo ottenga il benefico effetto della riconoscenza nella carità direttamente da Dio:

Preghiamo dunque e chiediamo alla sua misericordia perché siamo riconosciuti nella carità, senza sollecitazione umana, irreprensibili.[75]

Inoltre, secondo Erma, la giustizia, data da Dio per la sua grande misericordia, produce nell'uomo la correttezza e la santificazione: *"per essere corretti e santificati da ogni malvagità e crudeltà"*.[76]

Per Teofilo di Antiochia non sono da escludere i profeti che hanno compiuto la loro benefica azione sul mondo, in quanto con le loro gesta sono diventati fari di misericordia per il

---

74 CLEMENTE ROMANO, *Lettera ai Corinti* 13,2. Ed. crit. F.X. FUNK – K. BIHLMEYER – M. WHITTAKER, *Die Apostolischen Väter*, 94. Trad. di A. QUACQUARELLI, *I Padri apostolici*, 57-58.

75 CLEMENTE ROMANO, *Lettera ai Corinti* 50,2. Ed. crit. F.X. FUNK – K. BIHLMEYER – M. WHITTAKER, *Die Apostolischen Väter*, 134. Trad. di A. QUACQUARELLI, *I Padri apostolici*, Trad. di A. QUACQUARELLI, *I Padri apostolici*, p. 82.

76 ERMA, *Pastore, visione* 3,17,1. Ed. crit. F.X. FUNK – K. BIHLMEYER – M. WHITTAKER, *Die Apostolischen Väter*, 358. Trad. di A. QUACQUARELLI, *I Padri apostolici*, 258.

mondo intero:

> così anche il mondo: se non avesse ricevuto la legge di
> Dio e i profeti che fanno scorrere e scaturire la mitezza,
> la misericordia, la giustizia e la dottrina dei santi precetti
> di Dio, a causa della malvagità e del peccato che in esso
> abbonda, ormai si sarebbe estinto.[77]

Inoltre Giustino precisa che la condivisione con i bisognosi, e il conseguente allontanamento dall'intenzione malvagia di fare le cose per la gloria, scaturiscono dall'essere buoni e misericordiosi come il Padre:

> 10. Riguardo al condividere con i bisognosi e al non
> fare nulla per la gloria, disse: "(...). 13. "Siate buoni
> e misericordiosi come buono e misericordioso è il
> vostro Padre e il suo sole sorge sui peccatori, sui
> giusti e sui malvagi" (Lc 6,36; Mt 5,45).[78]

---

[77] TEOFILO DI ANTIOCHIA, *ad Autolico* 2,14. Ed. crit. M MARCOVICH, *Tatiani, Oratio ad Graecos. Theophili antiocheni, ad Autolycum*, Berlin-New-York 1995, 61. Trad. di C. BURINI, *Gli apologeti greci*, 398.

[78] GIUSTINO, *1 Apologia* 15,10.13. Ed. crit. M. MARCOVICH, *Iustini martyris. Apologiae pro christianis*, Berlin-New-York 1994, 55. Trad. di C. BURINI, *Gli apologeti greci*, 96.

BIBLIOGRAFIA ESSENZIALE

KASPER W., *Misericordia. Concetto fondamentale del vangelo - Chiave della vita cristiana*, Brescia 2013, 68-126.

PANIMOLLE S.A., *L'amore negli scritti dei Padri Apostolici*, in S.A. PANIMOLLE (a cura di), *Dizionario di spiritualità biblico-patristica*, vol. 3: *Amore, carità, misericordia*, Roma 1993, 201-220.

QUACQUARELLI A., *I Padri apostolici*, Roma 2000.